DOS PALABRAS AL LECTOR

A la memoria de mi padre,
el general Joaquín Acosta

Debo una explicación a cuantos favorezcan con su benévola acogida este libro, respecto de los motivos que han determinado su publicación.

La esposa que Dios me ha dado y a quien con suma gratitud he consagrado mi amor, mi estimación y mi ternura, jamás se ha envanecido con sus escritos literarios, que considera como meros ensayos; y no obstante la publicidad dada a sus producciones, tanto en Colombia como en el Perú, y la benevolencia con que el público la ha estimulado en aquellas repúblicas, ha estado muy lejos de aspirar a los honores de otra publicidad más durable que la del periodismo. La idea de hacer una edición, en libro, de las novelas y los cuadros que mi esposa ha dado a la prensa, haciéndose conocer sucesivamente bajo los seudónimos de Bertilda, Andina y Aldebarán, nació de mí exclusivamente; y hasta he tenido que luchar con la sincera modestia de tan querido autor para obtener su consentimiento.

¿Por qué lo he solicitado con empeño? Los motivos son de sencilla explicación. Hija única de uno de los hombres más útiles y eminentes que ha producido mi patria, del general Joaquín Acosta, notable en Colombia como militar y hombre de estado, como sabio y escritor y aún como profesor, mi esposa ha deseado ardientemente hacerse lo más digna posible del nombre que lleva, no sólo como madre de familia sino también como hija de la noble patria colombiana; y ya que su sexo no le permitía prestar otro género de servicios a esa patria, buscó en la literatura, desde hace más de catorce años, un medio de cooperación y actividad.

He querido, por mi parte, que mi esposa contribuya con sus esfuerzos, siquiera sean humildes, a la obra común de la literatura que nuestra joven república está formando, a fin de mantener, de algún modo, la tradición del patriotismo de su padre; y he deseado que, si algún mérito pueden hallar mis conciudadanos, en los escritos de mi esposa, puedan estos servir a mis hijas como un nuevo título a la consideración de los que no han olvidado ni olvidarán el nombre del general Acosta.

Tan legítimos deseos justificarán, así lo espero, la presente. Ésta contiene, junto con seis cuadros hasta ahora inéditos, una pequeña parte de los escritos que la imprenta ha dado a luz bajo los tres seudónimos mencionados y las iniciales S. A. S.; pero he creído que sólo debía insertar en este libro cuadros homogéneos, prescindiendo de gran número de artículos literarios y bibliográficos, y de todos los trabajos relativos a viajes y otros objetivos.

¡Quieran los amigos de la literatura, entre los pueblos hermanos que hablan la lengua de Cervantes y Moratín, acoger con benevolencia los escritos de una Colombina, que no cree merecer aplausos y solamente solicita estímulos!

París, octubre 5 de 1869.

JOSÉ M. SAMPER

Dolores

1896

SOLEDAD ACOSTA DE SAMPER

CONTENIDO

PARTE PRIMERA

La nature est un drame avec des personnages.
VÍCTOR HUGO

-¡Qué linda muchacha! -exclamó Antonio al ver pasar por la mitad de la plaza de la aldea de N*** algunas personas a caballo, que llegaban de una hacienda con el objeto de asistir a las fiestas del lugar, señaladas para el día siguiente.

Antonio González era mi condiscípulo y el amigo predilecto de mi juventud. Al despedirnos en la Universidad, graduados ambos de doctores, me ofreció visitarme en mi pueblo en la época de las fiestas parroquiales, y con tal fin había llegado el día, anterior a N***. Deseosos ambos de divertirnos, dirigíamos, con el entusiasmo de la primera juventud, que en todo halla interés, la construcción de las barreras en la plaza para las corridas de toros del siguiente día. A ese tiempo pasó, como antes dije, un grupo de gente a caballo, en medio del cual lucía, como un precioso lirio en medio de un campo, la flor más bella de aquellas comarcas, mi prima Dolores.

-Lo que más me admira -añadió Antonio, es la cutis tan blanca y el color tan suave, o como no se ven en estos climas ardientes.

Efectivamente, los negros ojos de Dolores y su cabellera de azabache hacían contraste con lo sonrosado de su tez y el carmín de sus labios.

-Es cierto lo que dice usted -exclamó mi padre que se hallaba a mi lado-, la cutis de Dolores no es natural en este clima... ¡Dios mío! -dijo con acento conmovido un momento después-, yo no había pensado en eso antes.

Antonio y yo no comprendimos la exclamación del anciano. Años después recordábamos la impresión que nos causó aquel temor vago, que nos pareció tan extraño.

Mi padre era el médico de N*** y en cualquier centro más civilizado se

7

hubiera hecho notar por su ciencia práctica y su caridad. Al contrario de lo que generalmente sucede, él siempre había querido que yo siguiese su misma profesión, con la esperanza, decía, de que fuese un médico más ilustrado que él.

Hijo único, satisfecho con mi suerte, mimado por mi padre y muy querido por una numerosa parentela, siempre me había considerado muy feliz. Me hallaba entonces en N*** tan sólo de paso, arreglando algunos negocios para poder verificar pronto mi unión con una señorita a quien había conocido y amado en Bogotá.

Entre todos mis parientes la tía Juana, señora muy respetable y acaudalada, siempre me había preferido, cuidando y protegiendo mi niñez desde que perdí a mi madre, Dolores, hija de una hermana suya, vivía a su lado hacía algunos años, pues era huérfana de padre y madre. La tía Juana dividía su cariño entres sus dos sobrinos predilectos.

Apenas llegamos a una edad en que se piensa en esas cosas, Dolores y yo comprendimos que el deseo de la buena señora era determinar un enlace entre los dos; pero la naturaleza humana prefiere las dificultades al camino trillado, y ambos procurábamos manifestar tácitamente que nuestro mutuo cariño era solamente fraternal. Creo que el deseo de imposibilitar enteramente ese proyecto contribuyó a que sin vacilar me comprometiese a casarme en Bogotá, y cuando todavía era un estudiante sin porvenir. Considerando a Dolores como una hermana, desde que fui al colegio le escribía frecuentemente y le refería las penas y percances de mi vida de colegial, y después mis esperanzas de joven y de novio.

Esta corta reseña era indispensable para la inteligencia de mi sencilla relación.

Después de permanecer en la plaza algunos momentos más, volvimos a casa. La vivienda de mi padre estaba a alguna distancia del pueblo; pero como se anunciaban fuegos artificiales para la noche, Antonio y yo resolvimos volver al poblado poco antes de que se empezara esta diversión popular.

La luna iluminaba el paisaje. Un céfiro tibio y delicioso hacía balancear los árboles y arrancaba a las flores su perfume. Los pajarillos se despertaban con la luz de la luna y dejaban oír un tierno murmullo, mientras que el filósofo búho, siempre taciturno y disgustado se quejaba con su grito de mal agüero.

Antonio y yo teníamos que atravesar un potrero y cruzar el camino real antes de llegar a la plaza de N***. ¡Conversábamos alegremente de nuestras esperanzas y nuestra futura suerte, porque lo futuro para la juventud es siempre sinónimo de dichas y esperanzas colmadas! Antonio había elegido la carrera más ardua, pero también la más brillante, de abogado, y su claro talento y fácil elocuencia le prometían un bello porvenir. Yo pensaba, después de hacer algunos estudios prácticos con uno de los facultativos de recursos y lugar en que dejar las cabalgaduras. Ése es el sitio predilecto de los que organizan los paseos de todas las inmediaciones.

A las siete de la mañana, como veinte personas aguardábamos a la puerta de la casa de tía Juana a que saliera Dolores. Pronto se presentó ésta montada en un brioso caballo, con su traje largo, sombrerito redondo, velillo al viento, la mirada brillante y ademán gracioso. Después de atravesar bulliciosamente las calles tomamos un angosto camino orillando potreros, y allí se fueron formando grupos según las simpatías de cada uno. Yo dejé que Antonio buscase él algo de Dolores, acordándome de que no sé qué autor ha dicho que el tiempo más a propósito para una declaración es cuando uno anda a caballo. Y efectivamente, la animación del paseo, el aire libre que sopla en torno, la facultad de apurar o detener el caballo, de atraerse o adelantarse sin aparente motivo, de hablar o callar de repente, volver la cabeza o buscar la mirada de su compañera, todo esto da ánimo y presenta fácilmente ocasiones de aislarse aún en medio de una numerosa concurrencia. Sin embargo, Antonio callaba ese día, y la fisonomía de ambos se velaba por momentos con una dulce melancolía; acaso porque pensaban que debían separarse aquella tarde.

Acompañamos a las señoras hasta la orilla del río, y mientras que ellas se bañaban, nos reunimos en un trapiche conversando y riendo alegremente. Antonio no recobró, sin embargo, animación hasta que nos volvimos a reunir todos con la parte femenina de la concurrencia en el punto en que se había preparado el almuerzo. El campo estaba bellísimo: la fragancia de las flores, el susurro de los insectos, el murmurante río que bajaba entre lucientes piedras a nuestro lado, el rumor del viento entre las hojas de los árboles que se balanceaban sobre nuestras cabezas, y toda aquella vida y movimiento de la naturaleza tropical, nos hacían gozar y convidaban al reposo y a la dicha perezosa del vivir... Antonio y Dolores se habían alejado insensiblemente de los demás y se sentaron al pie, de una gran piedra cubierta de amarillento musgo. Dolores tiraba, al río con distracción los pétalos de un ramo de flores que llevaba en la mano; y mientras que el agua salpicaba la dorada arena a sus pies, ambos miraban con interés la suerte de aquellas florecillas en la espumosa corriente. Algunas bajaban lentamente y se detenían muy pronto sobre la blanda orilla: otras, arrastradas con ímpetu por el agua, se engolfaban de improviso en un remolino y desaparecían al punto: otras salían al principio con rapidez y alegremente, pero al llegar a una concavidad formada por las piedras, tropezaban allí y no pudiendo salir, se impregnaban de agua y se consumían poco a poco; por último, las más afortunadas se unían en grupos y salían a la mitad del río, descendiendo por medio de la corriente sin encontrar alguno.

-¿Ven ustedes la filosofía de ese espectáculo? -dijo acercándome de improviso a los dos.

Antonio y Dolores se estremecieron como si se los hubiera

interrumpido; y en efecto, ellos se comunicaban sus pensamientos con una mirada y se hablaban en su mismo silencio.

-¿Qué filosofía? -preguntaron.

-La que encierra esa flor que Dolores tira a la corriente. Ella es la imagen de la Providencia y cada uno de esos pétalos lo es de una vida humana. ¿Cuál suerte preferirías tú, Dolores? La de las que pronto se retiran a la playa sin haber tenido emociones; la de las que se precipitan a la corriente y se pierden en un remolino...

-¿Yo?... no sé. Pero las que me causan pena son aquellas que se encuentran encerradas en un sitio aislado y sin esperanza de salir... Mira -añadió-, cómo se van hundiendo poco a poco y como a pesar suyo.

-Yo, decididamente, señor filósofo -dijo Antonio fijando la mirada en la de Dolores-, prefiero la suerte de las que bajan de dos en dos por la corriente de la vida.

Las mejillas de mi prima se cubrieron de carmín y levantándose turbada se unió a los demás grupos de amigas.

Las risas y conversaciones, los cantos y la armonía de los tiples y bandolas, el baile en el patio del trapiche y el buen humor general, nada de esto pudo animar a Dolores. Estaba contenta, dichosa tal vez por momentos, pero se veía en su frente una sombra y cierta modulación dolorosa suavizaba el timbre de su voz. Antonio estaba en aquella situación en que los enamorados se vuelven taciturnos y atolondrados, sin poder hacer otra cosa que contemplar el objeto amado, sin poder atender sino a lo que ella dice, ni admirar a otra persona u objeto; estado de ánimo sumamente fastidioso para todos, menos para la que inspira y comprende tal situación.

Volvimos al pueblo por la noche: estaba muy oscura no obstante que las estrellas lucían en el despejado cielo. Al atravesar un riachuelo en un punto peligroso se creyó necesario que cada hombre fuese al lado de una señora. El caballo de Dolores se asustó al resbalar en las piedras, y si Antonio no la hubiese sostenido con un brazo y afirmádola nuevamente en el galápago, al brincar el caballo la habría hecho caer al agua. Cuando Antonio se encontró nuevamente en tierra, seguramente se le conoció el susto y la emoción que había sentido en aquel lance, y su voz temblaba al contestar a mi pregunta. Entonces comprendí cuán verdadera y tiernamente amaba a Dolores. El amor sincero no es egoísta; y nunca es más cobarde el corazón que cuando la persona amada está en peligro, aunque éste parezca insignificante para los demás.

¡Media hora después se separaron, tal vez para siempre, aquellos dos seres que habían nacido para amarse tan profundamente!

Luego a solas me confió Antonio que no había podido hablar a Dolores de su amor, que siendo tan vehemente y elevado, no había hallado palabras con que expresarlo. Me rogó que le dijera a mi prima en nombre suyo que no había pedido su mano formalmente porque su posición no se lo permitía aún; pero teniendo esperanzas de ser correspondido me pedía la suplicara que no lo olvidase.

El mismo día que partió Antonio para Bogotá, la tía Juana volvió a su hacienda con Dolores. Yo había visto la despedida de Dolores y Antonio, y aunque ella tenía la sonrisa en los labrios comprendí que necesitaría algún consuelo. Así, al domingo siguiente me dirigí muy temprano a la hacienda, llamada Primavera, situada en una llanura al pie de altos cerros cubiertos de bosques y vestida principalmente de ganados y extensos cacaotales.

Cuando llegué, mi tía estaba ausente y la casa completamente silenciosa. Me desmonté y entregando mi caballo a un sirviente, atravesé el patio que antecedía a la casa y me dirigí al retrete de Dolores en el cual me dijeron se encontraba.

El sitio favorito de mi prima era un ancho corredor hacia la puerta de atrás de la casa y con vista sobre una semi-huerta, semi-jardín compuesto de altos árboles de mango, de preciosos naranjos y limoneros, pomarosos y granados, por cuyos troncos trepaban y se apoyaban los jazmines estrellados, los variados convólvulos, las mosquetas y los nervios. Debajo de una enramada de granadillo y jazmín estaba la alberca, cuyas aguas murmuradoras se unían a los armoniosos cantos de muchos pájaros. La pajarera de Dolores era afamada en los alrededores: en una gran jaula que ocupaba todo el ángulo del corredor había reunido muchos pájaros de diversos climas que se habían enseñado a vivir unidos y en paz. Allí cantaban las armoniosas mirlas blancas y negras, el alegre toche y el artístico turpial, los azucareros ruidosos y el azulejo y el cardenal. En medio de sus flores y pájaros, Dolores pasaba el día cosiendo, leyendo, y cantando con ellos. Desde lejos se oía el rumor de la pajarera y la dulce voz de su ama.

Ese día todo estaba en silencio. El calor era sofocante, y la naturaleza parecía agobiada y abochornada por los rayos de un sol de fuego que reinaba sólo en un cielo despejado. Los pájaros callaban y sólo se oía el ruido del chorro de la alberca que corría sin cesar bajo su enramada de flores. Desde lejos vi a Dolores vestida de blanco y llevando por único adorno su hermoso pelo de matiz oscuro. Recostada sobre un cojín al pie del asiento en que había estado sentada, apoyaba la cabeza sobre el brazo doblado, mientras que la otra manecita blanca y rosada caía inerte a su lado. Detúveme a contemplarla creyéndola dormida, pero había oído el ruido de mis espuelas al acercarme, y se levantó de repente, tratando de ocultar las lágrimas que se le escapaban y cogiendo al mismo tiempo un papel que tenía sobre su mesita de costura.

-¿Qué es esto prima? -le pregunté señalándole el papel, después de haberla saludado.

-Estaba escribiendo y...

-¿A quién?

-A nadie.

-Cómo, ¿Antonio ya logró...?

-No, Pedro -me contestó con dignidad-; él no me pidió tal cosa, ni yo lo haría.

-Dolores -le dije tomando entre mis manos la suya fría y temblorosa- ¿no te juró Antonio que te amaba locamente, como me lo dijo mil veces? ¡Confiésame que te suplicó que le guardaras tu fe!

-No; me hizo comprender que me prefería tal vez, pero nunca me dijo más.

-¿Y esa carta?

-¡No es carta!

-Misiva, pues -dije riéndome-, epístola, billete, como quieras llamarla.

-¿No quieres creerme? Toma el papel; haces que te muestre lo que sólo escribía para mí.

Y me presentó un papel en que actuaba de escribir unos preciosos versos, que mostraban un profundo sentimiento poético y cierto espíritu de melancolía vaga que no le conocía. Era un tierno adiós a su tranquila y feliz niñez y una invocación a su juventud que se le aparecía de repente como una revelación. Su corazón se había conmovido por primera vez, y ese estremecimiento la hacía comprender que la vida del sufrimiento había empezado.

Avergonzada y conmovida bajaba los ojos a medida que yo leía. Su tez blanca y rosada resaltaba aun con mayor frescura en contraste con su albo vestido y cabello destrenzado. Un temor vago me asaltó a mí también, como a mi padre, al notar el particular colorido de su tez; pero esa impresión fue olvidada nuevamente para recordarla después.

Pasé el día en casa de mi tía, cumplí la recomendación de Antonio y me persuadí de que ella lo amaba también. Debía volver a Bogotá en esos días: estaba impaciente y deseaba tener la dicha de ver otra vez a mi novia después de mes y medio de ausencia.

Al tiempo de despedirme quisieron acompañarme hasta cierto punto del camino para que Dolores me mostrara un lindo sitio al pie de la serranía, que ella había descubierto algunos días antes en uno de sus paseos.

Dolores se manifestaba muy risueña y festiva. El amor que la animaba formaba como una aureola en torno suyo. ¿Qué importa la ausencia si hay seguridad de amar y ser amado? Al llegar a una angosta vereda que había hecho abrir por en medio del monte, tomó la delantera. Yo la seguía, admirando su esbelto talle y su gracia y serenidad para manejar un brioso potro que sólo con ella se había mostrado obediente y dócil.

Pocos momentos después llegamos a un sitio más abierto: un riachuelo cristalino bajaba saltando por escalones de piedras y reposaba en aquel lugar entre un bello lecho de musgos y de temblantes y variados helechos. Altísimos árboles se alzaban a un lado del riachuelo, impidiendo con su tupida sombra que otros arbustos creciesen a su lado. Varios troncos viejos y piedras envueltas en verde lana cubrían el suelo, alfombrado por una suave arena dorada. Empezaba a caer el sol y la sombra de aquel sitio producía un delicioso fresco. Bandadas de pájaros vistosos, entre los que charlaban numerosos loros y pericos, llegaban a posarse en las altas copas de los árboles, dorados por los últimos rayos del sol.

Nos desmontamos, y sacando mi tía algunos dulces y un coco curiosamente engastado en bruñida plata, nos invitó a que tomásemos un refrigerio campestre.

-¿Qué bello sería pasar su vida aquí, no es cierto? -exclamó Dolores.

-¿Sola? -contestó sonriéndome.

No replicó sino con solo una mirada tierna que se dirigía a mi amigo ausente, y continuó conversación alegremente. ¡Pobre niña!..., pero feliz todavía en su ignorancia de lo porvenir.

reflexión me consolaba; rara vez se han visto casos de que los hijos de los lazarinos sufran la enfermedad; casi siempre salta una generación para aparecer en los nietos. Sin embargo, comprendía y aprobaba su noble conducta al desear romper con Antonio. Yo no me atrevía a quitar repentinamente las esperanzas a mi amigo; lo veía tan feliz que me parecía una crueldad inútil apagar aquel fuego y vida, aquel vigor y energía que animaban, sus trabajos y lo hacían triunfar de todas las dificultades.

Así se pasaron varios meses. Al fin recibí la noticia de la muerte del padre de Dolores: escribió ella algunas líneas en que me manifestaba su angustia. No podía llorar públicamente la pérdida que había hecho, ni vestirse de luto, pues él le había hecho saber en sus últimos momentos que quería que su sacrificio sirviera al menos para preservar a su hija de las miradas recelosas de una sociedad que sabría lo que ella debía esperar al conocer la causa de su muerte.

Viéndola tan abatida, mi tía quiso distraerla y la llevó hasta el Espinal. Ambas me escribieron entonces rogándome que fuese a verlas por algunos días, ya que estaban más cerca de Bogotá.

Accedí a ese deseo y fui a pasar una semana con ellas. ¡Cómo podía prever las consecuencias que esa visita tendría para mí!

Nada podía consolar a Dolores; estaba pálida y en todos sus movimientos se veía la profunda pena que la agobiaba. Entonces me volvió a pedir encarecidamente que desengañase a Antonio, pero me hizo prometer que jamás le diría la causa del rompimiento que ella deseaba.

A mi vuelta procuré hacer comprender a Antonio la repugnancia que Dolores manifestaba por el matrimonio, y lo imposible que sería que se realizasen sus esperanzas. Ésta era una obra ardua, y frecuentemente no tenía valor para desconsolarlo enteramente.

Por otra parte mis proyectos matrimoniales habían tomado un aspecto que me causaba mucha desconfianza en lo porvenir. Don Basilio se había hecho presentar en casa de mi novia como aspirante a la mano de Mercedes, quien le mostraba siempre un ceño esquivo; pero los padres lo acogían con cierta atención que me disgustaba. Poco a poco descubrí que a medida que se acataba a don Basilio se me trataba con mayor indiferencia. Una vez me dijo Mercedes que estaba muy triste porque sus padres habían tenido malos informes de mí; que ella me había defendido, pero no podía impedir un viaje que se preparaba con dirección a Chiquinquirá. Hacía muchos años que su madre había hecho una promesa a la Virgen, pero hasta entonces no le ocurrió cumplirla, sin duda con la intención, me decía Mercedes, de separarnos. Quise tener una explicación acerca de los informes que de mí habían tenido, pero Mercedes no me lo permitió, asegurándome que no sabía cuáles eran los cargos que se me hacían, y que, cuando ella averiguase de qué se me acusaba yo podría defenderme mejor.

Comprendí que ésta debía ser obra de don Basilio y prometí esperar. A los pocos días las familias de Mercedes partía para Chiquinquirá. Durante las primeras semanas de su ausencia estuve profundamente abatido y mi mayor gusto era conversar largamente con Antonio de nuestras mutuas penas. Mercedes me escribía con frecuencia, pero al fin me dijo que no volverían a Bogotá tan pronto como habían pensado; que su madre había deseado quedarse algunos meses en San Gil con la familia que tenía allá. Cada vez que recibía una carta de Mercedes era motivo fiesta para mí, pero al fin empezaron a escasear, bajo pretexto de que su madre le había prohibido que me escribiese. Entonces todavía amaba y me creía amado, y aunque sufría mucho en aquel tiempo lo recuerdo con ternura: «todos los demás placeres no equivalen a nuestras penas», decía un autor francés. Pero poco a poco me fui enseñando a su silencio y ya no deseaba sus cartas con tanta impaciencia. No sé por qué motivo dieron en esos días en Bogotá muchos bailes y tertulias: asistí a ellos y confieso que no estuve triste. Sin embargo, llevaba siempre en el alma un malestar, una pena oculta que revestía la memoria de Mercedes.

Se habían pasado cuatro meses sin recibir noticia alguna de ella cuando a un día llegó a mis manos una carta suya, y comprendí con profunda tristeza que mi corazón ya no sentía la dicha de antes. Mercedes me decía que habiéndole dicho a su padre que debían volver a Bogotá porque ya se cumplía el plazo en que se debía verificar nuestro matrimonio, éste le había notificado que con su consentimiento nunca sería mi esposa. No le quiso explicar la causa de su resolución, pero añadió que tenía seguridad de que bastaría una ausencia prolongada para que mutuamente nos olvidásemos. La carta de Mercedes era sumamente afectuosa, tal vez más que ninguna otra; pero con aquel magnetismo, aquella intuición que hay entre dos personas se aman y que queda aun después de haberse amado; con esa revelación del alma, digo, que se comprende sin poderse explicar, sentí hasta en sus expresiones más cariñosas cierto despego y frialdad. La cadena de sentimientos y simpatías estaba a punto de romperse entre los dos. Desde ese día empecé a resignarme a su ausencia y a familiarizarme con la posibilidad de que nuestra suerte podía ser desunida.

Un negocio importante del padre de Mercedes trajo a toda la familia a Bogotá por fin. Apenas supe su llegada imprevista mi corazón se galvanizó por un momento y me dirigí inmediatamente a su casa. ¡Triste desengaño! Aquella impresión fue pasajera y pronto me sentí otra vez tranquilo. Sin embargo, hacía un esfuerzo para pensar que al verla sería otra vez dichoso, y al entrar a la casa repasaba con la imaginación todas las soñadas escenas con que antes había revestido la esperanza que ahora iba a ser colmada. Llegué, la vi bella como siempre, pero en sus ojos se había apagado la luz que faltaba en los míos. Nos hablamos: yo procuré ocultar mi indiferencia; ella estaba distraída... Al despedirme se apoderó de mí un pesar inmenso. ¡Es tan desalentador sentir el corazón vacío, sin emociones ni entusiasmo!

No quería tener ninguna explicación con ella y temía que hubiera entre nosotros una reconciliación que ya no se deseaba. Así me fui retirando de su casa, y aunque ella no podía menos que notar la frialdad que había en nuestras relaciones nada me dijo. La vi más hermosa que nunca, cubierta de galas, en el teatro y en tertulias: oí hablar de las conquistas que había hecho y de los pretendientes que tenía, entre los cuales se hallaban en primer lugar don Basilio y Julián que había vuelto a Bogotá; pero en lugar de los celos y la pena que antes hubiera sentido al verla tan obsequiada, mi corazón permaneció tranquilo. Había perdido la facultad de sentir aquellos nobles celos que son el síntoma del amor. No hay duda que hay celos, o más bien cierta envidia, en un corazón que no ama, pero no puede haber amor vehemente sin ellos.

¡Pobre Mercedes! A veces procuraba llamarme a su lado y encubría su indiferencia cuanto le era posible, como yo la mía. Yo estaba muy triste entonces: ¡el corazón humano, sin exceptuar el mío, me parecía tan pequeño, variable e indigno, bien que en lo íntimo de él guardase el recuerdo de la mujer que amé como un ángel, pero que se había convertido para mí en un ser débil, fútil, y fácilmente llevado por la voluntad ajena! A veces la conciencia me acusaba de haber cambiado yo también. Era cierto, pero no había empezado a sentirme indiferente sino cuando advertí en ella despego. Su silencio y sus vacilaciones durante nuestra separación me la habían mostrado bajo otra luz, y el antiguo ideal había desaparecido para mí.

Fluctuaban mis sentimientos en este vaivén anárquico, en que nada espera uno ni desea, cuando recibí otra carta de Dolores, carta que me llenó de aprehensión penosísima. Luego que la leí, tomé la resolución de partir al día siguiente para N***. La misma noche fui a despedirme de Mercedes.

Estaba muy abatido, y en esa situación el ánimo está dispuesto a aceptar con agradecimiento cualquiera simpatía. Creo que si Mercedes me hubiera acogido aquella noche como en otro tiempo, tal vez habría recuperado su imperio sobre mi corazón. Cuánta gratitud hubiera tenido hacia ella al ser inspirado por el sentimiento que creía ser el mayor bien dado a los mortales: ¡el amor!

Subí muy conmovido las escaleras de su casa; mi voz tembló al saludarla.

La tertulia estaba completa como la de casi todas las noches. En un lado de la sala y alrededor del piano había un grupo compuesto de Mercedes y algunas amigas: una de ellas tocaba una pieza, mientras que don Basilio disertaba sobre la ópera de donde había sido tomada; Juan volvía las hojas del papel de música y miraba lánguidamente a Mercedes. Al lado opuesto, el padre de ella jugaba tresillo con dos o tres amigos de don Basilio, sencillos congresistas de provincias lejanas, que vestían casacas muy apretadas, cuellos muy tiesos, trabillas muy tirantes, y por último usaban unas manos tan negras y toscas, que se conocía cuáles habían sido sus antecedentes.

Noté que mi llegada produjo impresión. Todos los ojos se fijaron en mí con curiosidad y se interrumpieron las conversaciones empezadas. Mercedes me recibió desdeñosamente, volteándome la espalda después de haberme saludado ligeramente y sin mirarme. El dueño de casa apenas me contestó y toda la concurrencia me recibió con frialdad. En medio del silencio general causado por mi llegada don Basilio se dirigió a mí y dijo con voz sonora y su acostumbrada pedantería.

-«Hablando del rey de Roma, etc. o más bien como dicen los ingleses: Talk of the devil...». Se hablaba de usted, joven, hace un momento -y añadió mirando a todos con aire significativo-, ¿ha tenido usted últimamente noticias de sus interesantes parientas a quienes conocí el año pasado en N***?

No sé qué le contesté. Un momento después, acercándome a Mercedes le dije que venía a despedirme porque tenía que ausentarme algunos días.

-Naturalmente -me contestó sonrojándose con suma contrariedad.

-¿Por qué naturalmente? Usted no sabe a dónde voy...

-¿Cómo no he de adivinar?... El engañado puede a veces abrir los ojos.

-¿El engañado?

-O la engañada, si usted gusta.

-Explíquese, Mercedes.

-Lo haré. Sepa usted que hoy ya comprendo la falsedad de la conducta de usted, y tenga por seguro que entre nosotros acabó todo compromiso.

-¿Y de qué soy culpable, por Dios?

-Ahora no tengo tiempo para explicarme. Bástele saber que lo sé todo... y añadió con ironía: ¡comprendo que usted quiera ir a visitar a la persona que prefiere!

-No entiendo.

-¿No? Pues, entonces hágame el favor de saludar a su prima Dolores de mi parte.

-Mercedes, usted es muy injusta, y no sé quién ha podido inventar semejante...

Ella no pudo menos que volver los ojos hacia don Basilio al interrumpirme diciendo:

-No sé por qué se ha tomado usted la pena de venir a despedirse. Entre usted y yo no hay ni puede haber simpatía: yo no me intereso en sus asuntos particulares.

Inmediatamente comprendí que todo esto era obra de don Basilio. Mi orgullo se exaltó, y no quise humillarme pidiendo explicaciones.

-Ya veo -le contesté mirando a mi rival-, ya veo que mi dignidad me impide defenderme; la fortaleza está en manos del enemigo y sería inútil procurar rechazar las calumnias que ciertas personas saben inventar.

Y saludando con aire altivo a Mercedes y a toda la concurrencia salí de la sala seguido por la mirada maligna y la perversa sonrisa de don Basilio. En la puerta me alcanzó Julián, y ofreciéndome la mano me dijo:

-No crea usted, Pedro, que yo he tenido parte en la conspiración que comprendo se había preparado contra usted, pues yo soy enemigo de estas cosas y tengo verdadero aprecio por usted.

Le agradecí este acto de espontaneidad y nos separamos.

Atravesé las calles que me separaban de casa, y odio, deseo de vengarme, profunda humillación al verme vencido por ese aventurero de pluma, desprecio por Mercedes que servía de instrumento, todo esto bullía en mi mente y hacía latir mi corazón. En medio de todo recordaba que al salir había visto que la mirada de Mercedes me siguió, humedecida y melancólica... ¡No volví a verla sino años después, y en qué circunstancias!

Al llegar a casa me dijeron que alguien me aguardaba: era Antonio. Al acercarme para saludarlo dio un paso atrás y rechazando mi mano dijo con destemplanza:

-¡Deseo primero si le doy la mano a un amigo o a un traidor a la amistad!

-¡Usted!

-Explícate... ¡Esto me faltaba! -exclamé con desaliento. Esto me faltaba para volverme loco... Vengo de casa de Mercedes que rompió conmigo definitivamente.

-¿Y no dijo la causa?

-Me dio a entender que creía en una calumnia...

-¡Calumnia! Tal vez ella tenía razón... ¡Pedro, Pedro! Todavía me queda una esperanza: ¡tu lealtad de tantos años! Dime la verdad -añadió tuteándome otra vez-; es tan triste perderlo todo un día... Contéstame, ¿amabas acaso a Dolores antes de conocerla yo? O en tu viaje al Espinal, ahora cuatro meses... ¡Oh! ¡Dime la verdad!

-Te juro en nombre de nuestra amistad y por todo lo que hay más sagrado, que Dolores ha sido siempre solamente una hermana para mí.

-No sé qué creer... He estado pensado mucho en tu conducta últimamente y es inexplicable. Desde que estuviese en el Espinal has procurado siempre disuadirme de mis proyectos con respecto a Dolores, y no me permites que hable de ella; todo esto con cierto aire misterioso que no puedes ocultar y sin decirme la causa de tan extraño cambio. El amigo Durán me dijo también en días pasados que ya nadie veía a Dolores, que vivía siempre retirada en su hacienda... ¡En estos días han circulado aquí rumores acerca de ella y de ti que no acierto a repetirlos! ¡Dime si esto es verdad!

-¿Qué verdad? -pregunté angustiado y sin saber qué contestar.

-Dime si... ¿tú debes casarte con ella?

-Esa es una infame mentira forjada por don Basilio; ¡y que tú, Antonio, hayas podido dar oídos a esto!

-¡Por don Basilio!...

Y un momento después añadió:

-Tienes razón, Pedro, deber ser mentira entonces. Me admiro cómo no lo había pensado antes. Me dijeron aquí que pensabas irte mañana para N***; no espero más tiempo; no quiero creer en la repugnancia de Dolores por el matrimonio; ¿no me has dicho que me ama? Pues bien, tú mismo llevarás una carta pidiendo la mano de tu prima, y de cualquier modo haremos el matrimonio. Éste es el mejor modo de contestar a semejante calumnia.

-¡Eso no puede ser! -exclamé sin pensar en las consecuencias de mis palabras.

-¿Por qué?

-Ella dice que jamás se casará.

Antonio me miró sin contestarme y yo añadí:

-Hay en su vida un misterio que no puedo revelar.

-¿Un misterio?

-Sí.

-Un misterio en la vida de una mujer no puede ser bueno. Exijo que se me diga en qué consiste. Yo no soy héroe de novela, y si se me engaña que sea con algo verosímil.

-No tengo libertad para revelártelo: Dolores me ha exigido el secreto.

-¡El secreto! ¡Y yo que empezaba a creerle!...

Y levantándose, se caló el sombrero con aire decidido, y con voz temblorosa de rabia me impuso silencio diciendo:

-Basta ya. Nadie se burla de mí impunemente. No me replique usted; no quiero cometer una falta aquí: yo mandaré amigos que arreglen el asunto entre los dos.

-¡Un desafío!

-Así lo entiendo ¿acaso la cobardía es otra de las cualidades que lo distinguen a usted?

-La cólera te ciega, Antonio -contesté procurando guardar mi razón-. Entre los dos no puede haber desafío. ¡Esto es hasta ridículo! Escúchame: te he dado mi palabra de que en estoy hay una horrible equivocación.

-¿Qué pruebas me puede usted dar para creer que sus palabras son verídicas, puesto que asegura que Dolores no puede casarse?

-El tiempo...

-¡El tiempo!... ¡Usted es un cobarde!

-¡No permito que nadie me diga semejante cosa!

-Entonces acepta mi reto, o contesta a mi pregunta.

-Antonio -exclamé, haciendo el último esfuerzo para no perder mi serenidad-, Antonio, esto es absurdo. Si las circunstancias lo exigen, separémonos, ¡pero no como enemigos!

Antonio fuera de sí ya, se acercó con el brazo levantado.

-¡Cobarde e hipócrita! -gritó.

Entonces olvidé toda consideración, y mostrándole la puerta dije:

34

-Salga usted. Arregle las cosas como quiera y para cuando quiera.

Al día siguiente a las seis de la tarde me llevaban desmayado para la casa en que vivía. Cuando volví a recuperar mis sentidos me encontré tendido en la cama. Era de noche, y sentada a los pies de la cama vi dormida a la casera: traté de hablar y moverme, pero un dolor agudísimo en el pecho me obligó a estarme quieto. Estaba solo, sin pariente ni amigo que se condoliera de mí; la caridad de los dueños de casa era mi único amparo. Recordé entonces lo que me había sucedido: me vi nuevamente al frente de Antonio detrás de las colinas de San Diego; cada uno de nosotros tenía una pistola en la mano, Julián me servía de testigo. La expresión de la fisonomía de Antonio era temible: me miraba con todo el odio nacido de su anterior cariño. En ese momento olvidé todo sentimiento religioso, todo recuerdo de mi padre... un profundo desaliento de la vida me dominaba; deseaba verdaderamente morir en aquel momento, le apunté a Antonio, pero la memoria de Dolores y de su pena al saber que yo habría causado su muerte me hizo volver a mejores sentimientos y disparé al aire; pero al mismo tiempo sentí una fuerte conmoción y sin saber cómo, me encontré en el suelo... No recordaba más.

Volví a perder el juicio y por muchos días estuve entre la vida y la muerte. Cuando mis ojos se abrieron nuevamente a la luz y a la razón encontré a mi lado a mi padre, que acababa de llegar de N*** sin haber tenido noticia del estado en que me hallaba.

La siguiente carta de Dolores hará comprender mejor que otras explicaciones la causa del viaje imprevisto de mi padre.

«No sé si recibiste una carta que te escribí hace algunos días. Es posible que se haya extraviado o que no hubieras entendido lo que en ella te decía. Ahora pienso explicarte con más claridad la causa del desorden de mi espíritu: estoy en completa calma y me creo capaz de abarcar con ánimo mi situación... ¡Con ánimo! ¡gran Dios! En calma... ¡qué ironía!... no, Pedro, estoy loca, desesperada.

He tenido momentos de verdadera demencia...

Sin embargo, quiero vencer la repugnancia, el horror que siento. Es preciso referírtelo todo.

Desde que estuve en el Espinal empecé a sentir mucho malestar, una agitación de nervios constante y una completa postración de ánimo. Sentía por turnos y en algunas horas, frío, calor, fuerza, debilidad, valor, desaliento, temor, audacia, en fin, los sentimientos más contradictorios y las sensaciones más diversas. Al volver a N*** consulté a tu padre: me hizo varias preguntas y leí en su semblante la mayor emoción y desconsuelo a medida que le refería los síntomas del extraño mal que padecía. El pobre tío procuró infundirme valor asegurándome que esas novedades provenían de mis recientes penas.

Mi tía se empeñó en que consultase con otros médicos, pero yo no quería que me viese nadie. Al fin viendo que mi salud no mejoraba, llamaron sin consultarme a varias personas de los alrededores que pasan aquí por médicos, y su experiencia, si no el diploma, los hace dignos del título de doctores que les dan.

Se reunieron, pues, un día en la hacienda. Yo me presenté temblando, pero me acogieron con tanta bondad y me trataron con tan alegres chanzas, que fui perdiendo en presencia de ellos el horrible temor que me asaltaba. Antes de separarme comprendí que esos señores debían reunirse en la sala para dar su opinión. Quise saber la verdad y resolví oír ocultamente la consulta. Me retiré a mi cuarto, pero saliendo inmediatamente entré a una alcoba vecina de la sala y separada de ésta sólo por un cancel.

Me había tardado algunos momentos y cuando llegué a mi observatorio ya estaba empezada la conversación.

-¡Pobre niña! -decía uno de ellos; me parece que no hay esperanza...

-El lázaro está en su segundo período apenas -repuso otro-, y creo que se podría hacer algún esfuerzo.

-Eso apenas retardaría por algunos días más...

No supe qué más dijeron, ni lo que pasó por mí. Había procurado hacerme fuerte y ver con serenidad el mal que podía, que debía esperar. Pero al tener la seguridad de que era cierto lo que sólo temía, al encontrarme cara a cara con el espectro que había presentido, al contemplar de repente el horror de mi situación, no pude resistir a semejante dolor, y aunque no perdí el sentido, me tiré al suelo dominada por un completa postración de espíritu. No lloraba, ni me quejaba: mi desesperación no admitía desahogo. Un sollozo prolongado en el corredor me hizo volver en mí. Conocí la voz de mi tía, salí... ¡al menos, pensé, podremos llorar juntas! Guiada por el mismo interés que me animaba, también había querido conocer el fallo de los médicos, y al oír sus palabras no había podido resistir a su emoción.

Me le acerqué, pero al levantar los ojos y verme a su lado no pudo reprimir cierto movimiento de repugnancia que corrigió inmediatamente con una tierna mirada.

Hija mía, me dijo alargándome las manos, ven, abrázame.

Pero su primer movimiento había sido como una puñalada para mí: no lo pude olvidar, y huyendo entré a mi cuarto sin querer oírla, y me encerré. ¡Me sentía sola, completamente abandonada en el mundo! Después de esto no recuerdo más. Parece que mi tía, cansándose de llamarme y no teniendo contestación alguna se había alarmado, ¡y auxiliada por tu padre forzaron la puerta y me encontraron loca!

Sí, Pedro, fue tal mi desesperación que perdí el juicio por algunos días. Cuando volví a la razón y contemplé la horrible existencia que me aguardaba, en lo primero que pensé fue en escribirte. Tú has sido siempre un amigo en cuya simpatía creo; un hermano, cuyo apoyo ha sido mi consuelo siempre. A ti apelé: no recuerdo qué te decía; todavía había en mi mente una nube de demencia. Tu padre me dice que no ha perdido completamente la esperanza, y parte para Bogotá a consultar él mismo los mejores médicos del país. ¡Si hubiera esperanza, Dios mío!... ¡si hubiera esperanza!»

La carta a que se refería Dolores era la que había determinado mi partida para N***, partida que se había interrumpido trágicamente.

Apenas pude levantarme quise acompañar a mi padre a casa de los mejores médicos de Bogotá, quienes nos dieron algunos medicamentos con los cuales decían haberse mejorando notablemente varios lazarinos. Mi padre regresó a N***. Yo me quedé solo, triste, enfermo todavía, desalentado y si proyectos ya para lo porvenir.

En eso supe que un rico capitalista partía enfermo para Europa y deseaba llevar un médico que lo asistiera durante su viaje. Me le ofrecí y me aceptó con gusto: pero antes de partir no pude resistir al deseo de ir a abrazar a mi padre y ver a mis parientes. Por otra parte deseaba arreglar las pocas propiedades de que podía disponer para tener algunos recursos con que subsistir algunos años en Europa.

Llegué inesperadamente a N***, y después de haber pasado algunas horas con mi padre fui a casa de la tía Juana. Estaba sola y muy triste: la enfermedad de Dolores no tenía ningún alivio. Me decía que no quería vivir sino en la hacienda; y prorrumpiendo en llanto la pobre tía añadió, que no se dejaba ver de nadie, y no permitía que se le acercasen. Yo traté de consolarla diciendo que iría a verla y procuraría dulcificar sus pensamientos y mejorar su género de vida.

Al principio mi prima rehusó verme, pero cuando le hice saber que partía pronto para un viaje tan lejano accedió a mi deseo.

Estaba sentada en un sillón y el cuarto muy oscuro: así con su vestido blanco se veía como un espectro entre las sombras. No quería que yo me acercase a ella, pero usando de mis prerrogativas de primo y hermano le tomé las manos por fuerza y abriendo de improviso una ventana quise contemplar los estragos que aquel mal había hecho en ella.

Estaba ya empezando el tercer período de la enfermedad. La linda color de rosa que había asustado a mi padre, y que es el primer síntoma del mal, se cambió en desencajamiento y en la palidez amarillenta que había notado en ella en el Espinal: ahora se mostraba abotagada y su cutis áspera tenía un color morado. Su belleza había desaparecido completamente y sólo sus ojos conservaban un brillo demasiado vivo. Comprendí que ya no tenía esperanzas de mejoría, pero procuré ocultar mi sorpresa: ciertamente no esperaba encontrar en ella semejante cambio. Al principio permaneció callada, pero cuando le expliqué las penas de la tía Juana, me confió que su aparente despego y el deseo de aislarse prevenían de un plan que había ideado y que tenía la determinación de llevar a cabo.

-Quería que mi tía se enseñe a nuestra separación, pues no pienso vivir más tiempo a su lado.

-¿Y dónde te irás?

-Viviré sola. Mi tía tiene un horror, una repugnancia singular al mal que sufro, y sé que vivirá martirizada. Por otra parte, es tal el temor que me causa una voz extraña... veo a la humanidad entera como un enemigo que me persigue, que me acosa, y he resuelto separarme de todo el que me tema.

-¿Pero cómo?

-¿No recuerdas aquel sitio tan lindo donde nos despedimos la última vez que estuviste aquí?

-¿La quebradita?

-Allí quiero mandar hacer una casita y acompañada por los muchachos que sirvieron a mi padre hasta sus últimos momentos (ellos no me tienen repugnancia) viviré aislada, pero en mi soledad estaré tranquila.

-Ésa es una locura, Dolores ¿cómo sería tu vida en medio del monte? No, eso no puede ser.

-En lugar de disuadirme, Pedro, tenme lástima y ayúdame a llevara a cabo mi propósito. Si no -añadió apretándose las manos con ademán desesperado-, si no, huiré, me iré sola al monte y moriré como una fiera de los bosques. Mira: he sentido mayor desesperación al comprender que inspiro horror. ¡Dios mío! Si no me permiten vivir sola, ocultarme a todos los ojos, no sé qué haré... no es difícil quitarse uno la vida.

El estado de exasperación en que se hallaba la pobre joven no admitía razonamientos y tuve que ofrecerla mi cooperación a su plan.

-¿Y Antonio? -preguntó al cabo de un momento de silencio y haciendo un esfuerzo para serenarse.

-¿No lo he visto, acaso no has sabido?...

-Sí, tu padre me lo refirió todo. ¡Ya he sido la causa de tus penas y peligros, y sin embargo ni un consuelo, ni una señal de gratitud has recibido de mí! Perdóname: las penas nos hacen egoístas. Te confesaré mi debilidad: me llena de espanto la idea de que Antonio me recuerde con repugnancia.

-¿Pero no es peor que te tenga en mal concepto?

-Sí, es cierto; no lo había pensado. ¡Que lo sepa todo!

Y al decir esto prorrumpió en amargo llanto.

-Dile también a Mercedes lo que quieras -añadió.

-Ya Mercedes no es nada para mí. No quiero darle explicaciones: ella debió haber tenido fe en mi lealtad.

Dolores me miró un momento.

-Tú no la amaste nunca, pues cuando uno ama no tiene orgullo: no puede haber resentimiento duradero, ni pique, ni mala voluntad respecto del ser amado.

-No hablemos más de ella. Mercedes tiene otros pretendientes y yo ni la recuerdo.

Me despedía prometiéndole hablar con mi tía, lo que efectivamente hice, procurando hacerle comprender que la vida de Dolores dependía de que hiciese su voluntad.

Algunos días después me reuní con mi compañero en Honda y bajamos el Magdalena sin novedad, embarcándonos en Santamarta a principios del siguiente mes.

PARTE TERCERA

Sólo busco en la selva más lejana
tétrico albergue, asilo tenebroso
no pisado jamás de huella humana.
VICENTA MATURANA

Je meurs, et sur ma tomble, ou lentement j'arrive,
nul ne viendra verser des pleurs.
GILBERT

Durante los primeros meses de mi permanencia en Europa, recibí varias cartas de mi padre en que me daba cuenta de la salud de Dolores. Empeoraba cada día, y al cabo de algunos meses ya todos habían perdido completamente las esperanzas. A pesar de los esfuerzos que hacían, consultando a los médicos más afamados del país, la horrible y misteriosa enfermedad continuaba con su mano desoladora destruyendo la belleza y aun la figura humana de mi infeliz prima. Ella vivía oculta, sin aire y sin luz, rogando que le permitiesen huir lejos de aquella atmósfera que la sofocaba.

Al fin entre otras cartas recibí la siguiente, de Dolores:

«¡Ya no hay remedio, mi querido Pedro! Hace dos meses que he muerto para el mundo y me hallo en esta soledad. Tú escucharás con paciencia mis quejas, ¡oh, tenme piedad!

Pero no, ¿por qué quejarme? La Providencia es ciega, y hay momentos... No me atrevo a leer lo que hay en el fondo de mi alma. Voy a referirte cómo fue mi despedida de mi tía y la llegada aquí. Si mi carta es incoherente, perdónamela: ¡mi espíritu cede a veces a tantos sufrimientos!

No sé si tú lo sabías, pero fueron tantas mis instancias, que al fin logré que se empezara a construir una casita, una pequeña choza, aunque aseada y cómoda, en el sitio que indiqué. Yo misma quise ir a mostrar el lugar exacto

41

en que debía quedar. Sin embargo se pasaron meses antes de que la acabasen, y aunque yo rogaba que la concluyeran pronto, conocí que mi tía no podía resolverse a esta separación. Pero fatigada ya de rogar, amenacé seriamente que me huiría de la casa y conseguí mi deseo.

Yo permanecía oculta siempre y hablaba con mi tía y tu padre al través de la reja de la ventana de mi cuarto, y por entre las rendijas de mi puerta.

Un día me vinieron a decir que la casa estaba concluida y habían llevado los muebles necesarios, mis pájaros y algunas flores. Mi pobre tía se había esmerado en que tuviese cuantas comodidades podía apetecer. Tu padre me vino a decir, después de hacerme algunas recomendaciones higiénicas, que entre lo que habían llevado a mi futura casa se hallaba un pequeño botiquín y una relación sobre el modo de usarlo. Ahí encontrarás todo', me dijo, según la marcha de la enfermedad hasta, hasta... Al pronunciar estas palabras el buen anciano que tanto me había mimado prorrumpió en sollozos. Yo había entreabierto la puerta para hablar con él más cómodamente, y al oír aquella señal de vivísimo dolor, sentí en mi corazón una desesperación indomable, y abriendo la puerta enteramente me hinqué en el suelo exclamando con angustia:

¡Oh, tío, tío!... usted tiene en su poder el hacerme penar menos; ¡oh, por Dios, deme un remedio!... ¡un remedio que acorte mi vida!

Tu padre se cubrió la cara con las manos y no me contestó. Pero en eso oí que mi tía venía por el corredor e inmediatamente me volvió el juicio, y haciendo un esfuerzo de voluntad violento me levanté y entrando a mi pieza cerré la puerta. Pero ella me había visto y me gritó golpeando en la puerta:

-¡Dolores, Dolores! este sacrificio es demasiado grande, tú no puedes dejarme así.

-Tuve una debilidad de un instante; pero eso ya pasó -le contesté con voz segura-: mañana me quiero ir a la madrugada, pero ruego por última vez que a mi salida nadie se me acerque.

Esa noche dormí tranquila. Ya había pasado la agitación y me sentía fuerte ante mi resolución. Antes de aclarar el día me vinieron a decir que mi caballo estaba preparado. Me levanté, y saliendo de mi cuarto atravesé el corredor en que estaba mi pajarera y vi por última vez el jardín, la alberca, los árboles... todo, todo lo que me recordaba mi feliz niñez y los sueños de mi corta juventud. No quise pensar, ni detenerme: la luz fría y triste del amanecer empezaba a iluminar los objetos que tomaban un aspecto fantástico. Mi perro favorito me siguió dando saltos de alegría.

El mayordomo, que debía acompañarme hasta mi choza y dos o tres sirvientes más me esperaban en el patio. Yo no quise aceptar el apoyo de nadie y de un salto monté a caballo.

-¡Adiós! -dije con voz ahogada dirigiéndome a los criados, díganle a mi tía...

No pude añadir otra cosa, y azotando con las riendas al caballo, que es muy brioso, salí como un relámpago del patio seguida por el mayordomo. No sé qué sentí entonces. Mi vida entera en sus más íntimos pormenores pasó ante mi imaginación, como dicen sucede a los que se están ahogando. Creo que iba a perder el sentido y dejarme caer del caballo, cuando un grito ahogado por la distancia me hizo detener mi cabalgadura, y mirando hacia atrás vi venir a mi tía que había montado y me seguía.

-¡Hija mía, Dolores! -me dijo al acercarse-. ¿Creías que yo permitiría que salieras de mi casa como una criminal sin que te acompañara siquiera hasta tu destierro?

-Perdón, tía; sí lo creí, y me desgarraba el corazón esta idea; pero como usted me había ofrecido no volverme a ver...

-Sí, sí, lo dije. ¿Pero cómo dejar de verte, de hablarte por la última vez?

Dejé volar mi pañuelo al viento para ver de dónde venía y poniéndome del lado opuesto le contesté:

-Una sola vez y al aire libre no podrá serle funesto. Prométame, sin embargo, que no se acercará: si no me lo ofrece, juro, tía, que pondré en acción mi amenaza y me iré lejos de aquí: me ocultaré y moriré en el fondo del monte.

-Tía -añadí después-, ésta es nuestra última conversación. Hablemos con toda la cordura y resignación que puede tener un cristiano en su lecho de muerte. No permitamos que nos interrumpan lágrimas, y no seamos débiles. El sacrificio indispensable está hecho; aceptémoslo como una prueba enviada por la Providencia. Cuando lleguemos a orillas del monte me adelantaré sin decir nada. No pronunciemos la palabra adiós; ambas necesitamos de un valor que nos abandonaría si nos despidiésemos.

Así se hizo. Conversamos tranquilamente, en apariencia, del modo como arreglaría mi vida, pero teníamos el corazón despedazado. Cuando llegamos al estrecho camino que recordarás, me adelanté en silencio y al cruzar por la vereda que conduce a mi choza volví involuntariamente la cara: al través de los árboles vi a mi tía que se había detenido y me miraba partir con profunda pena. ¡Probablemente no la volveré a ver jamás!»

Por mucho tiempo no volví a recibir noticias de Dolores: mi padre me decía apenas que continuaba en su soledad y había prohibido que nadie se le acercase. Una vez me escribió lleno de tribulación. Parece que un día le vinieron a decir que Dolores estaba sumamente indispuesta: él se hallaba en la hacienda de mi tía y no pudo evitar que supiese lo que decían de Dolores. La tía Juana se alarmó y quiso a todo trance, y si acordarse de su promesa, acompañar a mi padre a la choza de mi prima.

Llegaron hasta la casa, sin ser vistos, compuesta de una salita y una alcoba; separábala de la cocina y despensa un patiecito lleno de flores, y entre los bejucos que enredaban en el diminutos corredor colgaban jaulas llenas de pájaros. Penetraron a la salita, adornada con varios muebles y muchos libros sobre las mesas. Al ruido que hicieron al entrar, Dolores salió de la alcoba sin precaución alguna. Estaba tan desfigurada que mi tía dio un grito de espanto y se cubrió la cara con las manos. Dolores se detuvo un momento, y al ver la expresión de la fisonomía de sus tíos pasó cerca de ellos sin decir nada y tomó la puerta. Mi padre le siguió llamándola y la vio internarse en el monte. Viendo que no contestaba corrió hacia el sitio en que había desaparecido: caminó por la orilla de la quebrada llamándola a cada paso, hasta que llegó a un sitio más abierto; pero el monte espeso se cerraba completamente más arriba, y la quebrada, encajonándose entre dos rocas, no podía atravesarse sino llevando el agua hasta las rodillas. Dolores no parecía ni contestaba: mi tío creyó que había tomado otra senda y volvió a la casa para consultar con los sirvientes de mi prima. Ellos no la habían visto nunca salir así, pero inmediatamente corrieron a buscarla. Mi tía estaba tan conmovida e inmutada, que mi padre le aconsejó que volviera a la hacienda mientras que él se quedaría buscando a Dolores.

Se pasaron horas y no era posible encontrarla. Los sirvientes y todos los peones de la hacienda se pusieron en movimiento, pero llegó la noche, la que paso también sin noticia alguna. Los primeros rayos del sol encontraron todavía a mi padre lleno de angustia, pues además de la desaparición de Dolores, mi tía se había enfermado gravemente.

Mejor será trascribir ahora una parte de la carta que recibí de Dolores, dándome noticia de lo sucedido.

«...Creí, Pedro, que nunca volverías a saber de mí... Quise morir, amigo mío, y no pude lograrlo. En días pasados me sentía muy enferma, tanto material como espiritualmente: mi postración era horrible y pasé días sin hablar ni tomar casi alimento alguno. Isidora y su hermano probablemente se alarmaron al verme en ese estado, y dieron aviso a la familia: no he querido preguntarles cómo llegaron repentinamente a mi choza tu padre y mi tía Juana. Al verme, fue tal el horror que se pintó en sus semblantes, que comprendí en un segundo que yo no debía hacer parte de la humanidad, y sin saber lo que hacía salí de la casa. Creo que perdí el juicio: me parecía oír tras de mí la carrera de cien caballos desbocados que me perseguían, y oía el ladrar de innumerables perros... Subí desalada por la orilla de la quebrada, y al llegar a un sitio más inculto atravesé sus aguas sin sentir que me mojaba ni pensar que me hería en los espinos del monte. Al fin se me acabaron las fuerzas y me detuve. Ya no oía los gritos ni las carreras de los que creí me perseguían y me encontré sola en medio de la montaña: no había más ruido que el zumbido de los insectos, el trinar de los pájaros y el chasquido de las hojas secas al romperlas con los pies. Estaba completamente exánime: no sé si me dormí o me desmayé, pero caí al suelo como un cuerpo inerte. Cuando volví en mí la oscuridad era casi completa en el fondo del bosque.

¿Qué hacer? La muerte se me presentó como un descanso. Me levanté para buscar un precipicio, pero la montaña en aquel sitio está en un declive suave del cerro y no hallé lugar alguno que fuera a propósito.

No sentía dolor ninguno (tú sabes que a consecuencia de la enfermedad se pierde la sensibilidad cutánea) y sin embargo me había desgarrado y estaba inundada de sangre y los vestidos hechos pedazos. Después de haber vagado largo tiempo llegué a un sitio más abierto en donde al pie de algunos árboles altísimos se veían anchas piedras cubiertas de musgo. Se sentía allí un fresco delicioso: me recosté sobre una piedra y levanté los ojos al cielo. La noche había llegado, y a medida que el suelo se cubría de sombras el cielo se poblaba de estrellas. Las lámparas celestes se encendían una a una como cirios en un altar. ¡Cuántas constelaciones, qué maravillosa titilación en esos lejanos soles, qué inmensidad de mundos y de universos sin fin...! Poco a poco la misteriosa magnificencia de aquel espectáculo fue calmando mi desesperación. ¿Qué cosa era yo para rebelarme contra la suerte? Esos rayos de luz morían antes de llegar a mi rincón, y sin embargo parecían mirarme con compasión... ¡Compasión! ¿todos no me tienen horror? No, hay tal vez algún ser que me recuerde todavía con ternura: te diré la verdad; la memoria de Antonio me salvó, y creí comprender como por intuición que no me había olvidado. ¿No bastaría la seguridad de su lejana simpatía para vivir resignada? No me creas ingrata: también te recordé; tú al menos no te mostraste espantado al verme.

La noche estaba estrellada pero muy oscura. Me sentía sin valor para pasarla entera en medio de aquella selva. Al desaparecer la agitación nerviosa que me animaba, sentí una gran postración y deseaba encontrar un sitio seguro en que pudiera recostarme sin temor. Recordé que había subido por la quebrada, y por la vista de las estrellas que tanto había contemplado en mi soledad me orienté. Busqué un lucero que brilla siempre en el confín del cielo al caer el sol, y me dirigí hacia un lado en que debía hallarse la choza de una pobre tullida que vivía en el monte con un hijo tonto. A poco comprendí que había encontrado un angosto sendero y procuré seguirlo. No sé cómo no me picaron mil animales venenosos que se arrastraban por el suelo, colgaban de las ramas y volaban chillando en torno mío. Desapareció la estrella tras de los árboles y la noche se hacía cada vez más oscura: había perdido los zapatos, y los pies rehusaban llevarme más lejos, cuando oí el ladrido de un perro: ¡qué música tan deliciosa fue aquella para mí! Algunos pasos más lejos encontré la choza y defendiéndome del perro con un palo que había tomado en el monte y me servía de bastón, empujé el junco que servía de puerta y despertando a la tullida pedí licencia para acostarme en un rincón.

Pasé la noche como una miserable, despertándome sobresaltada a cada momento, pero el cansancio me hacía dormir otra vez. Cuando amaneció, el tonto se levantó y encendiendo fuego en medio del rancho, puso una olla sobre tres piedras que había allí e hizo un caldo con yucas, plátanos y carne salada. Yo permanecía en mi rincón sin moverme, hasta que habiéndome brindado un plato con hirviente caldo comprendí que mi mayor debilidad provenía de la falta de alimentos. Acepté y tomé con gusto lo que me ofrecían y al acabar rompí el plato como por descuido y tiré la cuchara.

A medida que subía el sol el calor aumentaba en el rancho y al fin salí a la puerta a respirar el aire. Mi vestido enlodado y hecho pedazos, los cabellos desgreñados y mi aspecto indudablemente terrible causaron impresión a los dueños de casa. Imposible que me reconocieran, aunque en otro tiempo había visitado algunas veces a la enferma. Pero aunque no sabían quién era, la tullida adivinó la enfermedad de que padecía y me dijo con dulzura que sería mejor, que, me fuera a sentar en el alar... Comprendí la repugnancia que inspiraba aun a aquellos desgraciados, y me salí profundamente humillada. Deseaba mandar decir a mis parientes que no volvería otra vez a mi choza hasta que no me ofreciesen solemnemente que jamás irían a ella. El tonto no podía hablar claro ¿cómo mandar a decir lo que deseaba? Busqué un lápiz que llevaba en el bolsillo y que por casualidad no se había perdido en mi huida, y la tullida me dio un pedacito de papel que el tonto había llevado con unos remedios enviados por la tía Juana. Sobre un tronco de árbol caído que había cerca de la casa, puse el papelito y con mano trémula escribí algunas líneas y se las di al tonto para que las llevase a la hacienda, prometiendo pagarle bien.

Esa tarde llegaron mis dos sirvientes. Isidora me trajo ropa y Juan un caballo ensillado y una carta de tu padre en la que me decía que mi tía estaba gravemente enferma a causa de las penas que yo les había dado: por ultimo me ofrecía no intentar verme sin mi consentimiento.

Volví a mi choza a cuidarme... ¡sí, me cuidé! ¡Oh triste humanidad! ¿no era mejor dejarme morir? Siempre encontramos en nuestro corazón este amor a la vida, y por lo mismo que es miserable como que nos complacemos en conservarla... Sí, Pedro: mientras yo cuidaba mi horrible existencia, mientras recuperaba fuerzas para seguir viviendo, mi pobre tía moría de resultas del terror, de la aprehensión y de la angustia sin conocer a nadie, pero asediada por mi insensible, desnaturalizada, al ver que puedo hablar tranquilamente de la muerte de la que me quiso tanto. No sé qué decir: no me comprendo a mí misma y creo que hasta he perdido la facultad de sentir. Nunca lloro: la fuente de las lágrimas se ha secado; no me quejo, ni me conmuevo. Deseo la muerte con ansia, pero no me atrevo a buscarla y aun procuro evitarla.

Mi espíritu es un caos: mi existencia una horrible pesadilla. Mándame, te lo suplico, algunos libros. Quiero alimentar mi espíritu con bellas ideas: deseo vivir con los muertos y comunicar con ellos.»

La carta de Dolores me impresionó vivamente. Comprendí que su carácter tan dulce había cambiado con el sufrimiento, y esto me dio la medida de sus penas. Busqué algunos libros buenos y se los envié. Durante los siguientes años recibí apenas algunas breves cartas de Dolores: el fondo de ellas era una tristeza desgarradora a veces, con cierta incredulidad religiosa y odio al género humano en sus pensamientos, que me llenaban de pena. Mi padre me escribía que nunca la había vuelto a ver, pero que mandaba una persona todas las semanas a llevarle lo que podía necesitar y recoger noticias de ella.

Antonio se había arrepentido de su conducta ligera conmigo, y continuábamos una correspondencia muy activa. El primer golpe de dolor al comprender la horrible suerte de Dolores y la imposibilidad de que jamás fuera suya; ese rudo golpe no fue para él causa de desaliento: su carácter enérgico no permitía eso, y al contrario procuró vencer su pena dedicándose a un trabajo arduo y a un estudio constante. Pronto se hizo conocer como un hombre de talento, laborioso y elocuente, y alcanzó a ocupar un lugar honroso entre los estadistas del país.

Había pasado varios años estudiando en Europa y me preparaba a volver a la patria, cuando llegó la noticia de la muerte de mi padre. No diré lo que sentí entonces... Dolores me escribió también manifestándome la desolación en que había quedado. Aunque al principio me repugnaba la idea de visitar mi hogar vacío, no pude resistir al deseo de volver al lado de Dolores y me embarqué.

Llegué a Bogotá de paso, pero allí me detuvo Antonio para que asistiese a su matrimonio. Se casaba con una señorita de las mejores familias de la capital rica y digna de mucha estimación. Inmediatamente le escribí a Dolores la causa de mi detención, participándole la noticia del brillante matrimonio que hacía Antonio.

El matrimonio fue rumboso si no alegre. La novia no era bella; pero sus modales cultos, educación esmerada y bondad natural, hacían olvidar sus pocos atractivos. Cuando, después de la ceremonia me despedí de Antonio en la puerta de su casa, me entregó una carta para Dolores; carta que había escrito ese día, y en sus ojos vi brillar una lágrima, último tributo a sus ensueños juveniles.

Ocho días después llegaba a las cercanías de N*** y en vez de entrar al pueblo me dirigí inmediatamente por un camino extraviado al rincón del valle en que vivía Dolores. Al llegar a la vereda que años antes había pasado con mi prima, mi imaginación me trajo otra vez el recuerdo del esbelto talle de Dolores, su brillante mirada y alegres palabras: oía de nuevo el eco de su argentina risa que me parecía vibraba todavía en aquellas soledades. ¡Cómo había cambiado mi vida desde entonces! Mi tía había muerto, mi pobre padre también, mi novia era la esposa de otro (no sé si he dicho que casó con don Basilio) y en fin, mi prima, la alegre niña de otro tiempo, era un ser profundamente desgraciado. No había querido entrar al pueblo que tenía para mí tan tristes recuerdos, y nada sabía de Dolores.

Cuando me acerqué al sitio en que debía hallarse ha choza de mi prima, sentí cierto rumor que me admiró. Bajo un árbol estaban varios caballos ensillados: piqué el mío y llegué a la puerta de la casita a tiempo que salían de ella el cura y varios vecinos de N***.

-¡Qué encuentro tan casual! -dijo el cura al reconocerme y deteniéndome en la puerta.

Era un respetable anciano que había sido cura de mi pueblo desde mi infancia.

-¿Dolores está adentro? -pregunté después de haberle saludado.

-¿Qué? Deseo hablarla.

-No, no entre -me contestó tomándome la mano.

-¿Qué ha sucedido?

-¡Pobre niña! -me dijo con voz conmovida-: ¡ésta mañana dejó de padecer!

-¡Dios mío! -exclamé sintiendo que hasta el último eslabón que me ligaba a los recuerdos de mi provincia había desaparecido; y entonces comprendí cuán necesario había sido para mí ese afecto.

Sentándome en silencio en el quicio de la puerta de la casa de Dolores, escondí la cara entre las manos. Los que rodeaban al cura se alejaron por un sentimiento de delicadeza; el cura se sentó a mi lado.

-Su muerte fue la de una cristiana -dijo el buen sacerdote-. Hace algunos días me mandó rogar que viniera a verla; que no había necesidad de que me acercase, pues hablaría conmigo al través de la puerta de su alcoba. Vine varias veces y ayer se confesó y recibió los auxilios de la religión. Esta mañana me fueron a decir que se estaba muriendo, y hasta entonces no pude verla: ¡no le diré a usted cuán cambiada estaba!

-Ahora -añadió al cabo de un momento-, habiéndola visto espirar volvía a la parroquia para disponer el entierro.

Yo cumplí con mi deber. Asistí al entierro. Había dispuesto que la enterrasen en el patio de la casita y mandó que todo aquello quedase inhabitado.

Entre sus papeles hallé un testamento a mi favor y varias composiciones en prosa y verso. He aquí algunos fragmentos de un diario que llevaba y que hacen comprender mejor su carácter y los horribles padecimientos morales que sufría, sus vacilaciones y su desesperación.

23 de junio de 1843

«Hace un año que sufro sola, aislada, abandonada por el mundo entero en este desierto. ¡Oh! Si hubiera alguien que se acordara de mí ¿cómo no me hubieran de llegar ráfagas de consuelo que inspiraran resignación a este corazón desgarrado? A lo lejos en la llanura corren y se divierten. Mañana es día de San Juan, aniversario de las fiestas de N***. ¡Las fiestas! ¡qué de recuerdos me traen a la memoria! Hoy encontré por casualidad un ramo de jazmines secos ¿podrá creerse que este ser monstruoso que aparece ante mí al acercarme al espejo es la bella niña a quien fueron regaladas estas flores? Antonio, Antonio, tú a quien amo en el secreto de mi alma, cuya memoria es mi único consuelo, Antonio, ¿te acordarás acaso todavía de la infeliz a quien amaste? ¡Si supieras cómo me persigue tu imagen! Resuena tu nombre en el susurrante ramaje de los árboles, en el murmullo de la corriente, en el perfume de mis flores favoritas, en el viento que silba, entre las páginas del libro en que me fijo, en la punta de la pluma con que escribo; veo tus iniciales en el ancho campo estrellado, entre las nubes al caer el sol, entre la arena del riachuelo en que me baño... ¡Dios Santo! ¡que este amor sea tan grande, tan profundo, tan inagotable, y sin embargo mi corazón ardiente yace mudo para siempre!»

Diciembre 8 de 1843

«La vida es un negro ataúd en el cual nos hallamos encerrados. ¿La muerte es acaso principio de otra vida? ¡Que ironía! En el fondo de mi pensamiento sólo hallo el sentimiento de la nada. Si hubiera un Dios justo y misericordioso como lo quieren pintar, ¿dejaría penar una alma desgraciada como yo? ¡Oh! ¡muerte ven, ven a socorrer al ser más infeliz de la tierra! Soledad en todas partes, silencio, quietud, desesperante calma en la naturaleza... El cielo me inspira horror con su espantosa hermosura; la luna no me conmueve con su tan elogiada belleza; el campo me causa tedio; las flores me traen recuerdos de mi pasada vida. Flores, campos, puros aromas, armonías de la naturaleza que son emblemas de vida ¿por qué venir a causar tan hondos sentimientos a la que ya no existe?...»

Mayo de 1844

«...Espantosa martirio... la enfermedad no sigue su curso ordinario. ¿Viviré aún muchos años? Hay noches en que despierto llena de agitación: soñé que al fin pude conseguir una pistola; pero al quererme matar no dio fuego y en mi pugna por dispararla desperté... Otras veces imagino que estoy nadando en un caudaloso río, y me dejo llevar dulcemente por las olas que van consumiéndome; pero al sentir que me ahogo, me despierta un intenso movimiento de alegría.»

Febrero de 1864

«Recibí hoy una carta de Pedro que me ha consolado. Hay todavía alguien, además de mi buen tío, que se acuerda de mí... Había dicho que esta carta me había consolado... ¡mentira! La he vuelto a leer y me ha causado un sufrimiento nuevo. Me habla de su vida tranquila, de sus estudios y proyectos para lo porvenir. Los hombres son los seres más crueles de la creación: se complacen en hacernos comprender nuestro infortunio. En los siglos de la media, cuando se le declaraba lázaro a alguno, era inmediatamente considerado como un cadáver: lo llevaban a la iglesia, le cantaban la misa de difuntos y lo recluían por el resto de sus días como ser inmundo... Pero al menos ellos no volvían a tener comunicación con la sociedad; morían moralmente y jamás llegaban a sus oídos los ecos de la vida de los seres que amaron. Y yo, yo que me he retirado al fondo de un bosque americano, hasta aquí me persigue el recuerdo... ¿Amar qué es? Amar es sentir gratas emociones: los médicos dicen que el lazarino ha perdido el sistema nervioso ¿para qué siento yo, por qué recuerdo con ternura los seres que amé?»

Abril de 1845

«¡Dios, la religión, la vida futura! ¡Cuestiones insondables! ¡Terribles vacilaciones del alma! ¡Si mi mal fuera solamente físico, si tuviera solamente enfermo el cuerpo! Pero cambia la naturaleza del carácter y cada día siento que me vuelvo cruel como una fiera de estos montes, fría y dura ante la humanidad como las piedras de la quebrada. Hay momentos en que en un acceso de locura vuelo a mis flores, que parecen insultarme con su hermosura, y las despedazo, las tiro al viento: un momento después me vuelve la razón, las busco enternecida y lloro al encontrarlas marchitas. Otras veces mi alma se rebela, no puede creer en que un Dios bueno me haga sufrir tanto, y en mi rebeldía niego su existencia: después... me humillo, me prosterno y caigo en una adoración sin fin ante el Ser Supremo...»

Setiembre de 1845

«Siempre el silencio, la soledad, la ausencia de una voz amiga que me acaricie con un tono de simpatía. ¡La eterna separación! ¿Podrá haber idea más aterradora para un ser nacido para amar?»

1.º de enero de 1846

«Atravieso una época de desaliento y de letargo completo. He vivido últimamente como en sueños... No estoy triste ni desesperada. Siento que en mi corazón no hay nada, todo me es indiferente: la vida es el sufrimiento, la muerte... todo pasa y se mezcla en las tinieblas de mi alma, y nada me llega a conmover. ¡Una emoción! Una emoción aunque fuera de pena, de miedo, de espanto (lo único a que puedo aspirar) sería bendecida por mí como un alivio: ¡tal es el estado en que me encuentro! Es peor esto que mi loca desesperación de los tiempos pasados. Vegeto como un árbol carcomido: vivo como una roca en un lugar desierto...»

Marzo de 1846

«A veces me propongo estudiar, leer, aprender para hacer algo, dedicarme al trabajo intelectual y olvidar así mi situación; procuro huir de mí misma, pero siempre, siempre el pensamiento me persigue, y como dice un autor francés: 'Le chagrín monte en croupe et galope avec moi'.

La mujer es esencialmente amante, y en todos los acontecimientos de la vida quiere brillar solamente ante los seres que ama. La vanidad en ella es por amor, como en el hombre es por ambición. ¿Para quién aprendo yo? Mis estudios, mi instrucción, mi talento, si acaso fuera cierto que lo tuviera, todo esto es inútil, pues jamás podré inspirar un sentimiento de admiración: estoy sola, sola para siempre...»

Setiembre 6 de 1846

«Ya todo acabó para mí. Pronto moriré: mi mano apenas puede trazar estas líneas con dificultad. ¡Cuánto había deseado este día! pero ¿porqué no he tenido la dicha de morir antes, cuando tenía una ilusión? Acaso soy injusta; pero este golpe aflojó, por decirlo así, la última, cadena que me ligaba a la existencia. Recibí una carta de Pedro fechada en Bogotá: ¡pobre primo mío! pensé al abrirla; pronto podré oír tu voz; y también por él tendré alguna noticia directa de Antonio... Mi corazón latía con una dulce emoción y me sentía desfallecer. Me senté a orillas del riachuelo que corre murmurando cerca de mi habitación. ¡Con cuánto gusto había visto llegar al sirviente que trajo la carta! La imagen de Antonio vagaba en torno mío...

Después de leer las primeras líneas una nube pasó ante mis ojos. Pedro me daba parte del matrimonio de Antonio ¡el matrimonio de Antonio! ¿Por qué rehusaba creerlo al principio? No es él libre para amar a otra? Sin embargo, la desolación más completa, más agobiadora se apoderó de mí: me hinqué sobre la playa y me dejé llevar por toda la tempestad de mi dolor. Me veía sola, ¡oh! ¡cuán sola!, sin la única simpatía que anhelaba. Todo en torno mío me hablaba de Antonio, y sólo su recuerdo poblaba mi triste habitación. No había rincón de mi choza, no había árbol o flor en mi jardín, ni estrella en el azul del cielo, ni pajarillo, que trinara, que no me dijera algo en nombre de él. Mi vida hacía parte de su recuerdo; ¿y ahora? Él ama a otra ¡qué absurda idea! ¡a cuántas no habrá amado desde que nos separamos! ¡Cosa rara! esto no me había preocupado antes, y ahora esta idea no me abandona un momento. Como que mi alma esperaba este último desengaño para desprenderse de este cuerpo miserable. Comprendo que todos los síntomas son de una pronta muerte. ¡Gracias, Dios mío! Dejo ya todo sufrimiento; pero él es mi pensamiento en estos momentos supremos: ¡oh! ¡él me olvidará y será dichoso!»

Printed in Great Britain
by Amazon